新藤綾子歌集

葛布の襖

コールサック社

書　新藤綾子
表装　新藤晴康
（京柴堂　新藤表具店）

歌集

葛布の襖

目次

第一章　亡き姑（はは）

第二章　コーランの聞こゆ

第三章　葛布（くずふ）の襖（ふすま）

歌集　葛布の衾

新藤綾子

第一章

亡き姑（はは）

嫁ぐ悦子

能舞ひの軸掲げたる床の間にひつそりと赤き万年青（おもと）のつぶら実

耳遠くなりたる姑に根気よく子の結婚式の席次を話す

箱膳の蓋の裏には新藤家所有と安政五年の太き筆の跡

富士山に帆かけ舟浮かぶ染付けの小鉢残しし右兵衛様想ほゆ

引き寄する縁起ものなり渚の波の飛沫（しぶき）巧みなる小原紙（おばらがみ）を張る

三十個の大き隼人瓜を漬け込みぬ砂糖を入れたる酒粕香る

中央には玉虫色の尾長鳥鮮やかなる百鳥（ももとり）の刺繡を裏打ちする

駒ケ岳御嶽山の峰白し伊那の里に嫁ぐ悦子を祝ふ

朝子の留学

香を炷（た）き写経を始めぬ成田より朝子の声の聞こえたる朝

ロンドンには好きな大根がないと云ふ味噌汁に刻む春の大根

バサバサの米を鍋にて炊くらしき納豆にかくる揉み海苔の香も

木綿糸にて綴じたる表紙は菊の模様にて草花挿絵の江戸の絵草子

留学の願ひは遂に難ければ御影石の牛を撫でつつ祈る

表具師は日本の文化とて滞在ビザの審査通りぬロンドンの朝子

奥山の時雨るる断崖に鳴く鹿の軸を持ち行くドンボイド氏の家へ

卒寿の姑

一日を長しと姑の待てるもの祝ひの柏餅のもろこしの色

鳩サブレを三つに割りたりわが姑の今日の一日の楽しみとして

夫とともにリズムを競ふ如く障子を張る竹篦（へら）の音紙を切る音

裁断の音鈍り来てカッターの刃を取り替へて障子張り続く

姑の卒寿祝ふ額五つ作らむよ艶消しの漆（うるし）の塗り縁にして

表具屋に二十三歳にて嫁ぎ来て表具の仕事を残したいと云ふ姑

転蓬（てんぽう）の書の裏打ちに注文をつけて客は中国の広きを話しぬ

転蓬とは心定まらぬ人の事か曹植（そうしょく）を想ひつつ和紙を継ぎ足す

文政の應震（おうしん）の描きし虎の絵は黝（くろ）くて茫々とすさみつつ見ゆ

百七十年の汚れは洗ひて薄れたり古代紙の裏打ちにて鮮明となる

鎌倉の海に打ち上げられし竜宮の使ひの古き書を額に仕立てる

桃色の背鰭をリボンの如くして泳ぐ竜宮の使ひの書は銀の覆輪表装

フランスへ旅立つ悦子と共に来て御墓に高砂百合の花を供ふる

卒寿の詩姑を讃へてはらからの九人集ふ今日誕生日

ロンドンより卒寿の祝ひの声響く時差七時間の挨拶にして

大恩寺に寄進されし古き軸三つ広石村念仏講は今も続けり

浄土宗宗祖圓光上人の御姿像を水にて清めまゐらす

三人の子育てが不平等とは思はねど対話の少なかりしを負目と思ふ

千羽鶴

夏蟬の鳴き騒ぐ朝の公園にて千羽鶴折らむと思ひつきたり

痛がりも苦しみもせず膀胱炎の姑は声なく夕べの経を読み居り

病室を夫に負はれて行き来する見馴れたる姑のなほ小さく見ゆ

病原を見究めなくとも九十の齢を大切にと云はれたりああ

漉き模様の明り取り障子に陽の射して床に梅の花型の影

物云わぬ朝子の夢に目覚めたり無念夢想の達磨の軸を掛く

姑の背の曲がりて丈の長くなりぬ寝衣二寸程われは縫ひ上ぐ

我の踏むミシンの音が楽しいとて姑はわが縫ひ上げたる寝衣を畳む

望み薄き生命と聞かされて今日も折る色紙の小さき手羽折鶴

二十色の色紙にて折る千羽鶴百羽目にまたま白なる鶴

二十色の色紙には黒の色はなくわれは祈りつづく手羽の鶴を

有難とう

玄関の硝子戸を磨きて巡り来るわが表装展のポスターを貼る

林檎をする掌の痛み治まらず三度の食後の姑のデザート

色止めの薬を掛けし浮き世絵は高下駄そぞろに歩むおいらん

五枚の絵の花も枝も揃ひ難く一分の余裕もなき額に張り込む

手術より目覚めたる従弟は白板に漸くに書きぬ有難とうの文字

麗流（れいりゅう）の隷書は大らかに端正さと気品に満ちて桑染（くはぞめ）色の表装す

江戸後期小紋桑染として流行しき粋な庶民の桑染の色

片足を上げたるままに動けざる姑を抱きて入浴せしむ

鳩サブレをお茶に浸して食べ給ふ大沢先生を我は見舞ひぬ

唸る風流るる雲と書きましし大沢先生はいまは居はさず

我が従弟は喉の管をもぎ取りて筋萎縮性の生命を断ちぬ

小練(しょうれん)忌阿経(あきょう)忌檀弘(だんこう)忌の七日毎の卒塔婆(そたふば)に香煙の立ち上りたり

寒(かん)糊(のり)

煤けたる軸を洗ひて如意(にょい)の絵も万里も一歩からの字も鮮やかになる

一日かゝりて折留めしたる招雲如意を透かして見れば百の補修跡あり

膀胱炎を病みゐる姑の襁褓(おむつ)の取り替へに我も姑も疲れ果てたり

食ふだけが楽しみの姑となりて葡萄の種子取るを待ち兼ねている

わが夫と吾と抱への入浴にて湯舟の底に沈まんとする姑

寒の入りに寒の水にて寒糊を作りし事も遥かになりぬ

大甕（かめ）に残れる正麩（しょうふ）を掬（すく）ひ来て寒糊ならぬをコトコトと煮る

正麩糊を漉す姑の手早さに真似出来ざりき嫁ぎ来し頃

姑の爪

二時間毎に向きを変ふる姑の重くして腰骨あたりのはや赤くなる

鳩サブレ細かく割れぬと幼子の如く口をあけて我を待つ姑

増血剤胃腸薬六粒が呑み込めず姑の入歯は赤く染まりぬ

枯れ枝の如く艶なき姑の爪早また伸びたり縦筋深くして

起きぬけの地蔵詣でもなくなりぬ夫を頼りて姑看取り居つ

歩けぬ程に膝の痛める我を思ひ姑の気力の甦り来つ

粥もお菜も頬に溜まりて飲み込めざる我が姑気力なほも強しも

指先の肉盛り上がりて剪（き）れざれば我をまさぐる姑の爪痛し

姑枯れ逝く

見えぬ目のままにて我を呼ぶ声の痛いよと云ふ姑の憐れさ

好物のヨーグルトを食べるのも半分となり御馳走様と意識は確か

暗闇に手を伸ばしつつ姑を撫づる骨盤も肩の骨もゴツゴツとして

気休めの注射を打ちたる姑の腕は紫色の痣ばかりなりき

舅が来ると云ひつつ我に抱かれたる姑の目にはや光さへなく

クリニミールの重湯(おもゆ)もガーゼの浸し湯も姑は吸はずに目を閉じたるまま

十年を病みて床ずれもなくたゞ痩せて姑は小さく枯れて逝きたり

息絶へてまだ温かき顔を撫でて空しくなりたる姑呼び続く

姑を送りてトルコに発ち行きし悦子よりイスタンブルのモスクの絵葉書

せせらぎ

杉柾（すぎまさ）の新しき縁に傷がつきわが身労はるやうに熱湯にて拭く

寸歩不離の短冊掛の押さへ紐は祝ひの目録の細い金色の紐

せせらぎは冬の日射しの中に鳴りて山葵田（わさびだ）の畝（うね）の中よりきこゆ

白き花わさびの中にゆれて居り道祖神の護り給へる大王農場

みかん等供へられてゐて安曇野(あづみの)の彩色道祖神は縁結びの神

赤々と石炭もゆる達磨ストーブあり碌山(ろくざん)美術館の彫刻を見終へぬ

ゐろり端に座りつつ仰ぐ光さす三階の吹き抜けに漂ふ煙

どつしりと黒く燻し上げたるゐろりの部屋新嫁の座は板の間の茣蓙(ござ)

襖（ふすま）の紙

二週間留守にせしわが仕事場にて襖の紙に手を触（ふ）れてみる

留守の間の部屋には金箔散らしつつ和紙の裁ち落としの溜まりて居りぬ

四百四十年前の石巻城主高井家の系図は長き巻物として残る

墨の色も古（ふ）りし文書は戦場の戦果を今に誇り伝へ居り

唐草の緞子（どんす）の淡き茶の色の表紙に映ゆる古代紫の巻紐

車椅子の母

車椅子の母と眺めし浜名湖の山と空との青い広がり

青空も青き湖にも感動なく母ははやくも疲れたと言ふ

龍(ドラゴン)の模様織り込みたる草木染のトルコ絨毯を展示会にて買ひぬ

英国より朝子に習ひし日本語にてよい娘持つてお目出度の電話

地蔵堂のタオルを替ふる水の辺り冷気に冴ゆる貴船菊の花

表具屋は痴呆症にはならないといふ心弾みて襖紙を裁つ

喘ぎ音

頸椎よりの点滴を始めて一年たちし母目覚むるも時折となる

頸椎の点滴も酸素吸入も意識なき母の肉体をうるほして居り

明方より母の呼吸は大きくなり喘ぎ音の高まりて病室に響きぬ

弟の千葉より駆けつけたる十二時三十六分我が母の顔は清らかに澄む

表装の仕事に忙しき我を見て会ひに行けないと母は歎きし

寝たきりの姑を見舞ひ来る者もなく喜寿の母の祝にも行かず

六地蔵に供ふる団子を六つ作る捏ねたる米の粉に涙落として

ゆくりなく姉と並びて驚きぬ姑を看とりての我の小さくなりぬ

磯夫画廊

総桐の姑のタンスには訪問着喪服コートの花嫁衣装

グランプリ受賞と弾ける朝子の声短編といへども自らの作品

三枚の円形法隷書を額に張りて眺むるは四千年の中国の文化

竹篦（へら）の先に力をこめてまさぐりぬ棒に巻きたる薄紙の下を

五〇糎の軸棒を剝ぐ紙の音は忽(たちま)ち破るる音に変わりぬ

音を頼りに古き紙を剝ぐ時は左右の指先に力のこもる

磯夫画廊は九十三歳の作にして瑞々しきかな青くび大根の絵は

寒あやめ

上多摩川牟礼の社に護らるる朝子の家は藪椿の花の奥

朝早く啄木鳥（きつつき）の木つつく音の響く雑木の中の朝子の家は

裏を張る六曲（ろっきょく）の屏風の中に入りて支えつつ眺むる花鳥の水彩画

賛の文字は不老春帯とて松の老木にまつぼつくりの枯れたる描写

腰低き姑を職人の卑屈さと思ひゐきひそけく寒あやめ地蔵堂に咲く

私家版『亡き姑』あとがき

幾度も原稿を見直しているとだんだん未熟さが目について来てもうこんな恥さらしのことはやめてしまおうと思います。でも姑を送りお嫁さんを貰って暇が出来てくると何もしないでいることが痴呆症につながって行くような気がしてやっぱり一つの目的を持たなければと思い直しました。

亡くなる前姑は表具の仕事を残したいと卒寿の記念に子供達に額を作って贈りました。それは姑にとって自分の人生を誇る表現であったわけです。私は此のつたない小さな歌集の表紙に襖の見本帖を使うことにしました。それは山の絵であったり花の絵であったり小鳥や雲の絵の毎日手にしている仕事の材料であるわけです。歌集を完成させる暫くの間私は此の上ない幸福感を味わうことが出来るでしょう。歌集の内容そのものよりも表紙の絵に触れる事の方が楽しいかも知れない、でも或いは子育てに家事に仕事に親に仕えることに専念して来られた方であれば私のあるいて来た道のりに共感して戴ける部分もあるのではないかと思って居ります。まだまだ長い人生の熟年の年始めに少しづつの向上を目ざしてつたない歌つくりに御批評戴ければ此の上なく有難く幸なことであると思って居ります。

平成七年五月

新藤綾子

第二章　コーランの聞こゆ

瓢簞

あぢさゐの枯株に干したる瓢簞の庭吹く風に折々ゆるる

瓢簞の黒ずみ消えてさらさらと淡きベージュの色になり来ぬ

公会堂を守れる屋根の鷲の像雄々しく見つつ歩道橋を渡る

毛筆にて一華開五葉のくづし文字飾り瓢簞に力こめて書く

這ふ様にゆつたりと白き川霧立ち朝倉川の潮のひき行く

舟頭さんの歌

自転車にて着きたる牛川渡船場に渡し守呼ぶ板をかんかんと打つ

ＣＢＣラヂオ放送にてアナウンサーと吾と交はすは舟渡しの話

五分間を一気に話しぬ舟頭さんの童謡バックに牛川の渡しを

録音の我が放送をまた聞きぬ一つの挑戦に満足して居り

バリ島

パスポートに記名しつつバリ島の古き寺院に想ひを馳せる

バリの子の手さばき見つつ椰子の葉もて供花(きょうか)の皿を作りてみたり

朝市の狭き路地にも供花の皿線香の煙ゆるゆるとのぼる

贈り物と我が手に載せくれし螢一つ光放ちて木の間に消ゆる

ユング川の風に乗りてゆらゆらと螢は稲田の闇を乱れ飛ぶ

人々は白の黄の花を耳に飾る石像の耳にもハイビスカスの花

クルタゴサの裁判所の天井の絵は三途の川あり地獄釜のあり

バリ人のバナナバナナと教へ呉るる部落の庭のバナナの花を

バリ島より帰りて見ればタブの花のぞきて居りぬ苞（ほう）の中から

トチの木にサーモンピンクの花の咲く今日は朝子の結納の日

白々とうつぎの花のゆれてゐる朝子の電話の声爽やか

趣味を出ぬ朝子の仕事と思ひゐしにテレビ映画の新人賞ぞ

通訳の助けのありてインドネシアの子と親しみて成し得し仕事

バリ島のお寺詣りに巻きしスカート今年の夏の服に仕立てる

能装束

川底のブロックは魚の住家らしウグヒの群の出ては戻る

露草の雨に濡れて紫の花冴ゆる所に沢蟹の群れ

着倒櫓（ちゃくとうやぐら）の跡の大松つひに枯れぬ朝々の散歩に見上げしものを

戦禍のがれこゝ魚町の日本の美の能装束の飾らるるを見る

鳴子の鳴る稲田歩きしを思ひつつ鳴子模様の能装束の肌着

幾度も見し小面（こおもて）の薄笑みはおだやかなるも情熱を秘めて

山萩をやさしく染めてかげり来る設楽（したら）ははやもたそがれの色

引出物は蓋も底もなき桃型の螺鈿（らでん）に光る台湾の急須

霜月となりて流れはよどみ深し暗き藍色の豊川となる

物の影写らぬ迄に澄み透（とほ）る豊川の流れをあがく水鳥

茶席から烏瓜の熟れしの見ゆ外から見えぬ繁みの中に

五三竹（ごさんちく）

五三竹はぢぢい竹との別名あり頑固一徹の細き青竹

串団子の形に似れる五三竹切りて瓢箪の栓にするなり

血液検査の医学用語も素通りしぬ我が腹中の化膿菌二十一倍

入院の一週間を公園のエノ木覆ひし苔を恋ひ居り

しのぶ垂るる榎(えのき)に小さな蔦のぼり朱(あ)け染む様も見つけしものを

白き実の映えて赤き南京はぜの色増す下に今は立ちたし

街路樹の唐楓の吹き溜りしきふる雨に来たり見守る

青空に一羽の鳶のゆうゆうと九階の窓に触るるばかりに

点滴の腕の曲がりて警報鳴る我が入院は四日目となる

屋上より眺むる弓張の山並の紅葉に夕光のうつろひて行く

屋上の西風を受け大声にて知りゐる限りの童謡を歌ふ

紅葉葉の散り果てにけり南京はぜの下枝に残れる白きすがれ果

公園の花壇の葉ボタンは喰ひ荒され伸びくる新芽に北風の吹く

幼（をさな）の足音

夜遅く仕事をしてゐる我が頭上の幼の足音に心なごみぬ

引き潮の中洲に沿ひて光る波一つ思ひを忘れて居たり

白草履をぬぎてすすむ茶の席のおせちの前のなごめる茶会

すほう竹の黄色き幹の立ちそろふ有楽園の築山をめぐる

ユリの木の実はみなはぜて青空に淡きオレンヂの色に映え居り

タブの芽は三分程に伸び立ちて雪残る枝に青く艶めく

川の面の黒く変はりてボラの子の群はうねりをなして動けり

やどり木も映して川面は金色島（こんじきじま）の葦枯色の景になごめり

ひよどりは花の蜜を吸ふならむ椿の枝に影わたり行く

藪椿の黄色きしべを頭につけ尾をふりふりひよどりのわたる
ひよどりの去りたる後の花椿照り葉の中に冴ゆるくれなゐ

人恋ひし

のど渇き唇をなめつつ歩き行く伸ばせし背中の又かがみくる

明るいねと云はれて笑へば傷の痛む人恋しさは満たされて居り

ガーゼも取れ点滴もとれて朝昼の廊下あるきも単調にして

階段を降りる足腰の衰へに干したるふとん持ちあぐね居り

石垣から落ちてつきたる腕痛む骨の折れざるを喜びながら

楠の木の木立の中に一本の紅梅匂へり朝の川べり

春一番の風に赤潮の消え去りぬ青々と波立て潮満ち来たる

釣人の竿先孤をなし糸光る大きいボラの躍り上がりぬ

寒狭川（さむさがわ）

鉄橋の高きより見下ろす寒狭川の深き渓流もダムに沈むか

三月の温かき風の陽だまりの小賀玉（おがたま）の花の小さく少なし

ずれて居る背骨をピンと伸ばしつつタブの蕾の艶めくを見つむ

五十年の老いし桜は枝を拡げ公園一番に花を咲かせり

空をとぶ鳶もなづめる強風に向かひて口ずさむ早春の歌

引越の子

洋箪笥も遂に積み込み引越の子に夕食の声を掛け得ず

風に折れしユリの枝に蕾一つオレンヂ見せてほころび染めぬ

雨にぬれる遊歩道をあゆみ行く靴裏に軟らかしタブの花散り

なよなよと青き花残れるキュウリ草石垣の下は若草の色

スカンポの青

ラヂオ体操の歌聞こえくる工場の敷地に高くスカンポの青

空に向きてアカバナトチの木の花咲けり早や素枯れ行く藤棚の上に

隅櫓（すみやぐら）の石垣は忽ち見えぬ迄高々と虎杖（いたどり）の緑に覆はる

ペットボトルも入れむ小さな旅行鞄一日を考へ考へて作る

栄養剤に頼りても直りきらぬ花粉症人参ジュースの色のさやかに

ガーベラの一輪に添ふるは城下の石垣よりの細き玉しだ

一面のクローバーの広場を横切りぬ朝露に靴のぬれてくるなり

立ち並ぶムクの木々を巻きのぼり定家かづらの甘く香りぬ

小ぶりなるビワの実の色付きて木立の陰の明るく見ゆる

山藤のさや実の垂れてなびきゐるその一時が私の時間

軽々と城下の階段とび降りて手長えび獲る人の側（かたへ）に

つゆ空ときめて帽子も持たず出るタブの照り葉にまぶしく射す日

ユリの並木

雨空のユリの並木のオレンヂの花の間に実の見え始む

号令をかけて眼球の運動をするユリの木の実の大きなる下

珊瑚樹のこんもりと白き花の上とび交う羽虫の耀ひて居り

師を送る葬りの御寺のメタセコイア雨に洗はれて青々そよぐ

幾度も海浜独唱を開き見る我が前にて筆書に謹呈磯夫

コーラン聞こゆ

遥かトルコの朝に向かひて飛行する真白き雲のまばゆき中を
シベリヤの上を飛び居るか雲の間に白く雪山の頂浮かぶ
含差(はにか)める少年はトルコ桔梗の花束を吾に差し出すメルハバメルハバ
眠られぬホテルの窓の白みつつイスラム教のコーラン聞こゆ

テノールの流るる様なコーランモスクの尖塔（ミナレット）に鷗舞ひとぶ

六本の尖塔高しライトアップのブルーモスクは宙に輝く

「時をわたるキャラバン」を読み終へぬ吾も又カイセリのキャラバンに渡る

キャラバンの宿舎はそのまゝホテルとなり庭の桑には白き実のなる

枯草の覆ふキャラバンの遺跡にて驢馬（ろば）の鞍を作る人の声あり

黄金色の麦穂はどこ迄も続きゐて穂先は白くなびきて光る

赤き川は波立つ様もなく淀みゐて広き渓谷に僅かな流れ

柵もなく葡萄の灌木は背丈程褐色の大地に青々と繁る

アタマンの洞窟のホテルには十年前娘に持たせし軸の掛かり居り

我の作りし小さな軸は薬師寺の一片の散華をはめ込みしもの

股間節の一瞬の痛み忘れゐて駱駝（らくだ）の鞍にしがみつきたり

横ゆれの駱駝に馴れて高き背よりきのこ奇岩のカッパドキアを

青々と葡萄畑の前に立ち手を差しのべ呉るるトルコ人ハリメ

まだ小さな青く固きリンゴをもぎて実る頃に又来て下さい

成田プレスの窓より青き稲田の中に白鷺映ゆる景色に安らぐ

生々しき青草の匂ひたゞよへり二の丸跡のクローバーの広場

珊瑚樹の色付き来たる木々の間に昨夜の祭の提灯搖るる

くさぎの花

たまさかの朝子の帰郷は三日なれど我が家には泊まらず早々と帰る

薄紅の色交はりてくさぎの花朝子に見せたしその甘き香も

咲き盛るくさぎの枝に黒揚羽（くろあげは）止まることなくとび去りにけり

雨上がりの朝倉川の流れの上にあかねの薄羽キラキラ光る

みどりなすタブの木陰の石垣につくつくと立つ白き藪茗荷

夜の雨に桜の幹に青々と勢へる苔に陽の射して居り

珊瑚樹の赤実は枝にたわわなり歩けぬと云ふ大島さん思ほゆ

トルコの地の世界遺産を巡りしは一ヶ月前にして今日地震のニュース

椋（むく）の木の取り払はれて土手を埋む赤土に堀の浅く狭まる

インド綿の服を買ひ来てリフォームす咲きつぐ野牡丹の窓辺に座りて

アカシアの蜂蜜を入る人参ジュースレモン一個の爽やかさあり

紫の花の色は見えずして崖を覆ふは葛の葉ばかり

チコ柿

散歩する歩数増やさむ公園の南京はぜの実は豊かなり

たゞ丸いと思ひゐし南京はぜの実は三角にふくらみ黒ずみてくる

葉の陰に三つ四つ葛の花は伸び立ちて風にゆるるその紫が

チコ柿の落実拾ひぬ柿の色に石灰沈着性腱板炎忘れて居りぬ

渋作りし事思ひ出す渋柿の此のチコ柿のあまりに小さし

縄張りか五六十羽の烏集まり地上に黒々と鳴きさわぎ居る

鍋敷に使ひゐし花柄の壁掛をイズニックタイルと知りて磨きぬ

十六世紀のモスクを飾るイズニックのタイルは華麗なる彩色にして

六角の壁掛は青く神の色茶の間に飾りてトルコを想ほゆ

風に吹かれ転がるやうに小蟹の行く雨の歩道に鋏ふりつつ

白壁と屋根の黒との隅櫓に黄鮮やかなるせいたかあわだち草

垂れ下がる定家かづらの蔓の先小さな若葉は朱に染まりゐる

畠中のジンジャーの花の白盛り澄みゐる大気に香放てり

道端の榎を巻ける山芋の葉の青々と秋深み行く

チューリップの球根

砥波（となみ）市の講演終へてチューリップの球根一箱子の送り来ぬ

名月に琵琶弾く掛軸取り出だし幾年ぶりに床の間の部屋

白雲の行方は知らず葉の落ちし枝には桜の返り咲く白

タブの木の陰に白々と返り咲く桜の花に満ち足り帰る

川波を白く光らせはねるボラ歩調をゆるめゆつたりみつむ

姉逝きましぬ

我が手もて口紅にて装ひぬ姉七十二歳早や逝きましぬ

ゆつたりとゆつたりと腕を伸ばして息を吸ふ緑の中の小鳥の囀り

鳥去れば鳩が来て止まる大欅梢の枝の赤味帯びくる

太き竹節をくり抜く音のして釣場は賑はし鰻とると云ふ

ねぎ、山芋、大根下ろし、に茹で立ての我が打ちしそばを喜ぶ夫は

貯め置きし和紙の裁ち端は年賀状にとちぎり絵の先生重く提げ行く

叔母の古き紬（つむぎ）の紫紺の雨コート田中屋仕立にて今も鮮やか

艶やかなる紫紺の絹のコートほどきて飾り瓢箪のふとんに作る

身代り猿

迷ひ込む京都の露地の家々に赤き衣の身代りの猿

門広き屋敷の並ぶ軒毎に五つに釣らるる身代りの猿

足の痛み曳きつつ歩く二万三千歩どうだん躑躅(つつじ)の哲学の道

せせらぎの疏水に靡(なび)ける藻の陰に余情添へゐる赤き金魚二匹

ふくよかに「みかへり阿弥陀如来」に何を願はむ夫と尋ね来て

鳳凰を戴きたる檜皮葺（ひわだぶき）の銀閣寺は松と紅葉の中に静もる

武具所跡から吾子の投げる小石幾つ川にとどきて水音響く

世界タイル展

牛膝（ゐのこづち）の付きくる長信寺の庭に入りてあつあつ蛸焼き軟らか甘（うま）し

排気ガス少なき日間賀島（ひまかじま）のそこゝに凧の様に大蛸の干され居り

常滑の世界タイル展巡り見て残れる文化は職人のわざ

貧しくとも我が家も職人父作りし掛軸掲げて誇りて居りぬ

古き煉瓦の煙突見上げつつ坂を上る煙の下に穂すすき白し

昨日のめじろ

クリスマスツリーにと松笠をもぐとき薄き羽の種ハラハラと散る

きびきびと南京はぜの梢わたる紅葉の中に白きセキレイ

ふかふかと枯木と落葉を踏みて行く楓の紅葉の散り来る中を

眼底の検査終へしも右の目は青き残像の何時迄も丸し

椿の木に昨日見しめじろ五羽今日は南天の赤き実を啄む

押花を花束の形に和紙に張り平仮名ばかりの年賀状を書く

朝焼けの雲の映れる川面には鴨の泳げる波紋広ごる

市庁舎の高きに烏の大集合来年のクラス会は日間賀島にしよう

トンガの南瓜（かぼちゃ）

世界遺産のテレビ放送にセラップさんの児童と話す声を聞きぬ

紀元前一八〇〇年の王の墓王の門に児童は登り居り

我が好み夫と似て来ぬ二人だけの冬至の夜はトンガの南瓜

紅白のハボタンの色艶やかに花時計は八時のあたり

遠出せむ明日にと足を馴らし居り独人居の部屋に爪先立ちて

茶筅（ちゃせん）もて朝子は初めて茶を立てる緑の泡立ち香たゞよふ

細き幹に手を掛け登る堀の土手桃色の実の届くところへ

桃色の実に觸（ふ）れし時足すべりそのまま落ちぬ堀の下迄

大楠に川風吹けば下陰の青苔の上に冬陽のゆるる

川べりの木立ちの中に紅梅の小さき赤芽の艶やかに光る

上向きに枯実はひらくユリの木の高き梢に空は広ごる

「綾」一文字

甲骨文「綾」一文字の印鑑を我に下さる細字習はむ

数十羽のユリカモメの白く舞ふ小雨の朝の豊川はけぶりて

御無事にとチャドルの人トルコ語にて話しかけくるアンカラの空港

旅先の一期一会の忘れ難くまだ見ぬエーゲ海の遺跡を調べる

目の前を不意に白鷺の飛び立ちぬ長き頸（くび）もたげ川面に映して

雨上がりの紺碧に冴ゆる本宮山湧き立つ白雲に覆はれてゆく

鶯の影

鳴き声を真似つつ堀の中に入る梢に鶯の影の動きぬ

古枝と落葉に滑る堀の下緑濃きハランの一枚を取らむ

五色に芯を巻き込みし寿しを盛るハランの緑我が雛飾りに

金色島の窪みの曲がりに白鷺の数増し来たりて三月となる

土を掘るシャベルカーの真似をする孫と二階にて道路工事見て居り

赤き実の一つ残れる野いばらに萌え出る若葉を押葉に押さむ

豊川と朝倉川の度合にて一筋光れる流れのありぬ

近づける美保の松原の小旅行富士見ることは幾年ぶりぞ

幼かりし弟を連れて汽車を降り秋の稲田にて富士を眺めき

私家版『コーランの聞こゆ』あとがき

私には行動しかない。感情も理屈もまあ後にして……。とりあえず、二冊目の小さい歌集を作ることにした。一冊目の「なっていない」と云われた先生の御批評にもめげず、少しの進歩もない。また自信があるわけでもない。けれど日々年老いて行くその老いを少しでも先に伸ばしたい。それには行動しあらゆる機能が落ち込まないように活動するしかないのだと云いきかせて。始めてみれば楽しい。自分の歩いて来た道程がいきいきと喜びに満ちている。健康でありさえすれば、此の熟年我が天下である。

此の歌集を読んで下さる先生方、お友達、どうか此の思い上がりをお見逃がし下さい。そして御批評御感想を戴ければ、鼻っぱしをへし折られることも覚悟の上、第三第四と挑戦して行きたいと思います。

平成十二年十月

新藤綾子

第三章

葛布（くずふ）の襖（ふすま）

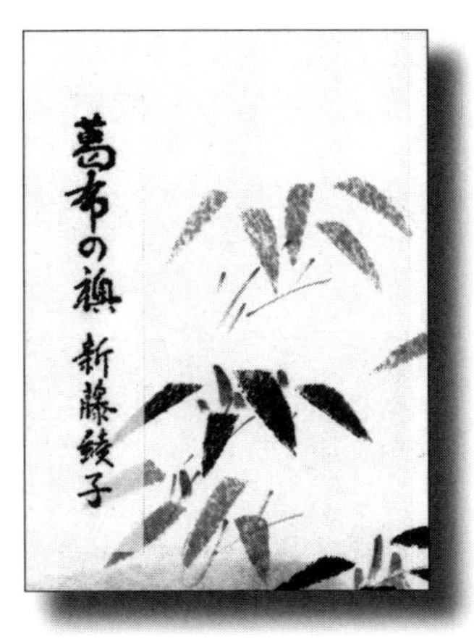

羽衣老人ホーム

千年の松の緑の影落とす三保の松原の白砂に立つ

きしきしと白砂のどかに響かせつつ一足一足渚に向かふ

打ち寄せる白波のしぶき輝やけり合唱の声海に消え行く

窓の富士に見とれつつ歌ふ富士の歌羽衣老人ホームの老人と共に

老い人の間に入りて五十人吾らと共に羽衣の歌

よぼよぼと立ちて熱唱する老人にと手の痛む迄拍手をしたり

蒲公英（たんぽぽ）のお浸し青々と皿に盛るほろ苦き朝春の雨降る

藪椿の押花の赤の色冴ゆトルコへの土産の額出来上がる

いかるがの里

涅槃像鈍く金に光り居り五重の塔の薄暗き中

聖徳太子の絵図の大きな軸のへり伽陵頻伽（かりょうびんが）の刺しの優美さ

いかるがの王子の衣の黄丹（おうだん）の色のあでやかな薫りをしのぶ

緑色さやかに高き楓より山藤はそよげりいかるがの里

コツコツと幹を打ちゐて十姉妹(じゅうしまつ)桜の花の影にかくるる

恙(つつが)無く一日一日の過ぎ行きぬタブの苞は花芽をのぞかす

薄緑はピンクに変はれり御衣黄(ぎょいこう)桜花は萌え出づ若葉の中に

五葉松(ごようまつ)の去年の松笠は艶めきぬ緑とニビ色の編目模様に

みどり伸ぶ五葉の松に雄花萌えピンクの色の粒なし愛らし

蜆とる人影映る金色島淡きあふちの花のひろごり

再びのトルコ

乗り替へ機の分からずイスタンブールにて日本人のツアーに付き行く

セラップさん待ち居る空港の待合室人少なくして夕闇の迫る

手真似にて買ひたる水は三弗（ドル）なりトルコ女性の笑顔親し

鉾をなす高き糸杉の並木路白き花咲くイズミールの町

マリヤ様晩年おはしし小高き丘聖地エフェソスはアカシヤの真盛り

願い込め白きリボンを捧げ結ぶ聖母マリヤの教会堂の跡

韓国語英語日本語の聖地案内異国人吾もたたずみて読む

三千年前のギリシャ文明とガイドの説明は理解し難し

予言者のメドゥーサの目は魔除けとぞトルコ土産の青い硝子の目

十六世紀の水道管を踏みて行く野外劇場を縦横に歩きて

七つ八つ並ぶ大理石の公衆トイレ水流れし溝は深々と暗し

世界初の広告例と云ふ娼婦宿目じるしは哀れ消えることなし

神殿に向かふ大理石通りの娼婦宿反対側に図書館の残る

ライオンと狩人の彫刻の施されし野外劇場に腰掛けて見る

我の乗る車を避けて羊飼ひの若き夫婦はトロス山麓を行く

荷を付けし驢馬(ろば)は羊の先を行く首の鈴の音我が耳に響く

川沿ひの山の高きに王の墓ふり返り眺める大理石の門柱

あの高き墓に今も供物あり大理石の彫刻少し浮かび見ゆ

羊の毛と皮にて作れる縫ひぐるみの駱駝(らくだ)の鞍にはキリムを飾り

とりどりの色織物にて飾りつけ駱駝のレスリングの伝統の続く

果物を数多胸につけ豊饒と多産の神像アルテミスを買ふ

金雀枝（えにしだ）の黄の咲き乱るるトルコの旅飽きることなし広き大地に

イタリアの青の洞窟のモザイク画木目の陰影にさゞ波の光れり

カプリ島の洞窟に遊びし子の土産青き地中海の光り思ひ出す

すき透（とほ）るしめじ色のキノコに觸（ふ）るる脆くも茎から折れてしまひぬ

白み行く夜明けに雨戸を閉めんとす冴え冴えと浮かぶ底紅木槿（そこべにむくげ）

浜名湖砂丘

風紋に足跡をつけつつ歩み行く中田島砂丘視界の広し

引潮に残れる水面に投げられし石を探しぬ犬と吾とが

波しぶきに裾ぬらしつつ波の間に白く光れる石を拾いぬ

ホテルの庭飾れるモザイクの白き石地中海に拾ひしを思ひ出したり

少年は丸き甲羅の蟹を釣る釣れゐしキスも見せて呉れたり

少年と並びて遥かな水平線と遠州灘の青きに見とれる

風に靡(なび)きコウボウ麦は陽に焼けて黒き実あまた我が手にこぼるる

ハスの実の一つ轉(ころ)がる砂丘の浜波に打たれ波をよけつつ

ひよんの木

点滅のネオンの光に椋鳥（むくどり）の枝とび交ふが見えがくれする

鳴き声の喧（やかま）しと欅を蹴るもあり苛立ちストレス喧噪の街

暗き木立白く彩る臭木（くさぎ）の花刈られて蘖（ひこばえ）そよぎゐるなり

城下の臭木の花は盛りなり長きしべの冠ゆるる

中国の帝の望みし青き色臭木の実からその色は出る

朝露の緑深き草原をお羽黒とんぼのゆつたりと飛ぶ

一本のカヤツリ草のその上を翡翠色に輝くトンボ

ひよんの木の高く広がる梢の色に雀の姿は溶け込みて居り

青空に拡ごるひよんの木の梢にあけびは熟れて重く下がれり

俄か雨にタブの木立にかけ込みぬ金色島のけぶり行く見ゆ

吉田城乾ける堀は通勤道今日の雨に勢ひ流るる

空爆に残りし仏具の皿を出し今年も先祖の盆供養をす

欠けし皿も黒く残れる焼け焦げに戦忘れまじ供養する度

堤のぼりて冬青(そよご)の青実を確かむる青葉の陰にまぎるる色なり

さみどりの冬青の葉をもてうす桃の幼（をさな）の肌色に絹を染めるらし

いぬびわの赤く熟しを二つに割る無花果（いちじく）に似るその小さき実は

いぬびわは川無花果との呼び名らしほんのり甘し赤き熟れ実は

知らぬ間に腕振り歩くを忘れ居り珊瑚樹のつぶら実の色づく下に

腕を曲げ振りつつ歩くが少し続く法師蟬鳴く坂を上る時

台風に豊川溢れ城下の泥の付きたる石段に立つ

濁り水のあふるる豊川に釣人の竿はピクとも動くことなし

藤村の里

寺下の町もあすなろの木立の中千本格子の家の並びぬ

藤村の母の生家の本陣跡土間の竈（かまど）をなつかしく見る

土竈には二つ並べる大釜と大きな鍋の黒々かかる

三粒程の栗にて作れる栗きんとん「ほろほろの味」と賑わふ茶房

木の下に円なし散り敷く金木犀の一花一花は十字をなせり

クラス会の幹事会に茶を立てる秋の陽差しは友の笑顔に

大波の寄せゐる川面に黒き川鵜（かわう）黄色の嘴の浮き立ち見ゆる

水しぶき上げつつ川鵜は飛び行けり朝霧深き上流に向かひ

臭木の実は澄みたる瑠璃に色を増し苞の中に玉となり居り

ねぎの匂ふ

弟は作りしねぎをぶら下げて遺産分けの礼を言ひたり

少しばかりの遺産分けにも弟の喜ぶ顔の楽しかりけり

遺産分けの礼を言ひて帰りたる弟持ち越しねぎ匂ひをり

ひよんの木の枝より垂るる形してあけびの黒実の艶やかに見ゆ

白鶺鴒低きを波状に飛びて行くその羽音のピシピシと聞こゆ

捨てられし箒草を貰ひ来ぬ燃え立つ炎の形と色に

立冬となりたる今朝の豊川の流れ澄みたり我も澄みたり

柱時計

チクタクの振り子の音にて臥す姑はねぢを巻けよと言ひし柱時計

舅姑の柱時計の鳴らずなり夫も深き思ひあるらし

のびやかに刻を打ちしその後の振子の音を数へし日もあり

買ひ替へたる時計の時報はオルゴール我が仕事場迄かろやかに響く

表具師の舅の使ひし糊甕四つ裏庭を狭め伏せられしまま

屋根迄も伸び拡ごりし野牡丹の冬に咲きつぐ紫の色

ぶつかつかうに飛ぶのよと石巻の友は五彩に輝く玉虫を呉れぬ

玉虫を幼は箱から出して云ふ「折れた足も玉虫色」と

さらさらと百合の花の種の散る平和の塔の高き床に

舞い散れる百合の種は黄金色大地に落ちて花咲かせまし

ひもすがら「いつくしみ深き」を唄ひ居りイコン描きし亡き師偲びつ

「いつくしみ」の歌三番迄諳んじて御教へ深く息づく思ひ

青澄める空に枝のゆれゆるるユリの枯実はオレンヂに輝く

川べりの野バラ手折らむと寄り行きて牛膝(ゐのこづち)の実の数多付きたり

股関節症

痛む足曳きずりつつの二年間股関節の軟骨くづれて居りぬ

動かねば筋肉は落ち動き過ぎれば遂には手術と心にくり返す

足曳きつつ我が来し方をふり返る病院帰りに細雪(ささめゆき)の舞ふ

青空に松の緑の色濃きを飽かず見上げぬ心静もる

澄み透(とほ)る冬空の下風よ吹け陽も照り渡れこの松の緑に

青木葉に赤実緑実の艶々し人通らぬ公園に西陽は満てり

足のこと苦にせず常の生活の襖のフチ拭く井戸水ぬくし

落ち敷ける栴檀(せんだん)の実の白々を自転車がはねる音をたてつつ

赤き布張り終へて長き銀を巻く今年も捧ぐる鬼祭りの撞木(しゆもく)

青鬼と小鬼の撞木に銀を張る十二段の間隔に手間をとりつつ

子育てに四十年の過ぎ行きぬたゞ祈るのみの写経の日もありき

プール

二十五米のプールの水温は三十一度歩みて行き来する少し汗ばむ

青と黄のコースロープを頼り行く我の立てる波にカタカタと鳴る

横歩きに両手動かせば踊るごと体の浮き浮く水中歩行

五十米の水中歩行のタイム上げむ両手両足心も浮きて

ビーチボール投げる競技に体の浮き夢中でもがきぬ泳げぬ吾は

黄の赤の浮き袋を腕につけて幼子の遊ぶプールの横を歩く

水中歩行終へて上がりぬ歩み行く我の体の重し重たし

水流に逆らひ胸に水圧を感じつつ歩む歩巾を広く

自転車を停めて眺むる豊川に青き桶浮かべて蜆取りの見ゆ

荒波に青き桶はたゆたひつつ胸迄つかりて蜆取るらし

自転車に乗るなの戒め厳しくとも経を唱へつつペダル踏み込む

荷籠よりビニール袋の舞い落ちぬ自転車降りれば早転ぶなり

墓迄をバケツ置き置き水運ぶ此の一杯が苦しかりけり

朝に夕に飲み続け来しコンドロイチン股関節の軟骨を潤し居るか

手術すれば自転車にも乗れず芽吹きくる豊橋公園も行けずなるなり

階段を杖をつきて上り見るコツコツの音侘しく響く

カナメモチの小さな赤実を仰ぎつつ冬の公園に我が杖の音

真白き富士

澄む空に真白き富士の浮かび居り我の一生に登ることあらむ

ベランダに降りて眺むる若葉の影ゆるるは集団下校の孫の黄帽子

たゞ一人コースロープのプールの中水泡立てつつ水泡追ひ行く

温かくなりたるプールの水温に心も癒え行く我が股関節症

血圧の高き夫誘ひプールに入る水泳帽子に白髪目立ちぬ

二十余名が群立ち歩けば波立ちて我の体に重し水圧

マンションの屋根に昇り来る満月を見上げつつ出で来る朝子の家を

初めての朝子の出産思ひつつ中天に仰ぐ春の満月

コンピュータ少し馴れくる九桁のバーコード確かむ市の貸出図書

莫大小(メリヤス)をメリヤスと読めぬ我が廻りに人集まりて漢字のテスト

預かりしセラップさんの「謦鶴露(けいかくのつゆ)」読めど分からぬ大き崩し字

図書館へ向かふ長き登り坂今を盛りのツツジを見つつ

長き坂自転車を降りずに登り切る欅青葉の大きくゆれ居り

一ヵ月の貸出し期間に安野光雅(あんのみつまさ)の本七冊をじつくりと読まむ

己に勝ちたき

貴乃花痛む足にて優勝せり我も治療の壁を越えたし

貴乃花の今日の相撲の目に残る己に勝ちたきと挑むリハビリ

夫の仕事を道楽と云ひて手伝はず我にも愛着ある表具の仕事

三年ぶり蜂の巣作り始まりぬ木槿（むくげ）の蕾大きくなるよ

巣を作り育ちし蜂も秋風の吹くころ消え行く生命と思ふ

薙刀に打込む老女の凛として老い行くこともよきと思へり

公園を巡れば緑の木立の中そこゝに白し珊瑚樹の花

自転車を降りて見上ぐる珊瑚樹の花のしべは競ひ光れり

蜂の巣も大きくなり来ぬベランダに底紅木槿の初花の咲く

五葉松の実は二年目のふくらみとなり昨夜の雨に青しつとりと

去年の今トルコのポプラは高くゆれ白き花の大地に舞ひゐき

葛布(くずふ)の襖(ふすま)

市松の模様の帯を巻きて作る紙人形は巾着を持ちて

リリヤンの紐の帯〆を蝶に結ぶ黒髪豊かな千代紙人形

トルコ村の子供の会話思ひつつ和紙持て今日はカルガモを折る

一枚の紙にて嘴も羽も尾も複雑に折り上ぐ小さきカルガモ

白も黄も青もとりどりにカルガモの菓子入れ作るトルコへの土産

金時飴持ちて行かむトルコにて我を待ち居る子供達に

窓いっぱい底紅木槿の盛りなり我が自癒力の湧き出る思ひ

股関節の重く響くに気付きたり杖を持たずに歩き始めて

二箱の半折の額届けむと今日は真夏の佐久間街道

竹藪にまた杉木立にネムの花盛りにトルコのネム思ひ出す

イスタンブルの城壁は四ヶ月にて築きしとそこにネムは揺らぎてゐたり

城砦の遺跡彩るネムの花雄大なトルコの自然に会ひたし

甚平の背には写楽の歌舞伎の絵トルコの少年は大人のサイズ

トルコ行きの日の迫れるに葛布張る襖と聞けば嬉し手伝ふ

葛布襖張ること久し日本の伝統の色とその手触りと

廊下歩く足どり軽し急ぎつつ来客に出で行く今朝の足音

津和野の旅テレビ見つつ心騒ぐ来年は行きたし足は癒えなむ

八十六歳紺の水玉のワンピースにて合唱に加はる友に負くまじ

高きリズムの我が声の余韻の心地よし芭蕉の句歌ふカナリヤ教室

三度トルコに

折紙の奴にスカートをはかせ居る孫とトルコ迄の十二時間を

落日に尖塔（ミナレット）の映ゆるイスタンブル再びトルコの城塞の町に

コーランの朝の祈りの響き来ぬ船の灯の遠ざかり行く

八月のイスタンブルには桃色の紫陽花咲きゐるモスクへの道

ビロードの深紅に金の縫取りの晴着にて割礼に行く少年と会ふ

イスラムの信者になる儀式と云ふ割礼少年の瞳の澄めり

仰ぎ見る巨大ドームの巡りにも数知れぬドームのシュレイマニエモスク

王を祀るシュレイマニエの入口には金泥の古き文字掛かれり

イスラムの神は光なりとモスク飾るカリグラフィは書道芸術

老人はコレステロールが下がるよと羽持つ莢(さや)のナッツを呉れぬ

魚の絵は隠れキリシタンの暗号とぞ小さな壁掛けにも古きを秘めたり

イズニックの大空を染むる今日の落日ローマ時代の野外劇場の跡

イスラムの老人を大切にと労はられつつ尖塔に登り行く暗き階段

食卓にチナールの実の影揺るる樹令六百年の木下は食堂

十四世紀のウル寺院の広き堂内アラビア文字の迫力にひかれぬ

トルコ語の分からぬまゝにカラギョズの滑稽な仕草と掛合ひの声

十六世紀のカリエに残るキリストのモザイクにふる世界遺産

我が小指の爪程の石を並べたる細やかなモザイクのキリスト絵物語り

チナールの木洩陽（こもれび）揺るるカリエの庭長閑（のどか）にコーランの声流れ来る

陽は昇り湧き立つ雲は朱に染まり東へ東へ　ああ帰り行く

頂に雲なき富士を下に見る中腹迄覆ふ白雲の上に

私家版『葛布の襖』あとがき

思いがけず股関節症を云い渡されて、痛む足を曳きずりながら此の一年半、「人間正しい法則にのっとって努力をすれば救われる」と云う信念に達しました。
「減ってしまった軟骨は元の通りにはならないけれど、鍛えれば廻りの筋肉が支えてくれる。」それは何とも有難い、神の叡知を戴けたような気持ちです。
動けることの感謝、心の底から沸き上がってくる喜び、つたない三冊目の歌集を纏(まと)めながら、年老いて行く日々がますます、熟年の積み重ねであることを願って居ります。

合掌

平成十四年十月

新藤綾子

第四章　優しさは強し

手紙

ローマ字のヘボン式もて手紙書く便箋二枚に数日かかる

鉛筆もて書きては消す和歌のことトルコの友に知らせむとして

村人の写真に添へて手作りの和歌の一冊をセラップさんに

イスラムの教へに従ひもてなすと少女は詩(うた)を聞かせ呉れたり

白鷺にも糸とんぼにも会へず来て鳥の水浴ぶ川辺に出でぬ

稲を刈る人を案山子(かかし)と間違へりゆつくり丁寧に刈りゐる動作

黙々と稲刈る人の動く影見つつ夕暮れの国道を行く

整然と稲束並べて干し上ぐる老人夫婦が夕陽に浮かぶ

日の出見むと浜名湖に漕ぎ出る船二艘網引く人の小さく動く

網上げる小舟に集まる鷺や鵜の群立ち騒ぐ朝の浜名湖

我が詩に感想文を下されし斉藤様みまかる歌を読み返す

松の林

御講話は餓鬼の話なり此の日頃食細くなりし己を思ひ居り

御講話の餓鬼の話もおぼろなりプールの疲れに椅子にて眠る

伸び立ちし松のミドリに高々と松笠にならむ紫のあまた

松林に秋の陽さんさんと漂へり松の香りの中を歩めり

ひよんの木の枝葉広ごるその梢西陽の中にカワラヒワ囀(さえず)る

杖放ち五葉松迄あゆみ行く足裏に軟らかき芝生楽しみつつ

漸くにあしたばは鉢に根づき来ぬほろ苦くして甘き若緑

チョビ髭の狸の腹は白く出づ裏は狐の顔に折れたり

折紙を図案通りに折りし筈(はず)時間を置けばそうかと分かる

雌雄の鶏を折る鋏を入れ鶏冠（とさか）を立てれば雄となりたり

両足を力いつぱい振り上ぐる孫を朝子は衣服にて覆ふ

竹林の竹に巻きゐる蔓（つる）の実の黄金色を朝子に届けむ

まん丸な大きな目玉の犬張子に付きゐる太鼓をでんでん鳴らす

我も買ひしオーナー制の柿畠に新品種の早生の西村と云ふ柿

丸み帯ぶ赤き柿の艶々し初物西村を仏前に供ふ

鋏を持つ幼(をさな)の手に我が手を添へ大きな次郎柿の一つを剪りたり

床の間に黒ずみて古き利久の書「南無大平天神」晩秋の茶会

五つ六つ小さな虫穴かゞり終へ朝子に送る若き日の着物

真夜中の授乳に着せむ袢纏(はんてん)は躾(しつけ)のままの我の綿入

半歳桜（はんとしざくら）

参道を一人うらうら秋日和半歳桜の大福寺の前
菩薩様と地蔵様との並び居り杖をつきつき半歳桜へ
十月から半年間を返り咲く白き桜花小さし侘しも
池の辺の三方から見る大福寺の大銀杏は三百五十年

大銀杏に登れば雲に届くかも青みを帯びて黄葉のきらめく

大福寺の門より味噌納豆の香りくる初冬の山里に夫と来たりぬ

冬の陽を浴びて味噌納豆の光りゐる焦茶(こげちゃ)にふつくらと渋く艶めく

秀吉にも献上せしと浜名納豆縁台十間に広げ干しあり

徳川の将軍にも届けし浜名納豆和尚の乗りしお駕籠(かご)の古(ふ)りぬ

駕籠内に敷きし小さき座布団も傷み色あせ往時を思ふ

グランプリ日本一は遂に取れざり敢闘賞の晴康の記事

黄と緑朱の交じり合へりアメリカ楓風のまにまに吹かれ散り行く

「おいしいね」と云へばます〱「おいしいよ」幼の言葉に食の進みぬ

「みんなで食べればよけいおいしい」孫は教へし事なきを云ふ

三百年大福寺に伝はる文化財曼陀羅の絵軸預かりてくる

一対の仁王様は厳（いかめ）しく牛馬護神の気迫を見せぬ

牛馬の通ふことなき仁王門はつかに朱の色の残れり

本坂のトンネル出づれば蜜柑畠石垣白く陽に映え続く

石垣の反射が蜜柑を育てると出荷場広し三ヶ日みかん

持つだけと立てば自ら刷毛(はけ)を取りカッター握りて障子張り上ぐ

疲れると云ひつつ仕事を手伝ひぬ足の筋肉つき来たるらし

何時もより仕事早目に切り上げて湯蓋あければ柚子の香り

白うさぎ

仕事に行く親を追ひつつ泣く幼抱かんと思ふに重し重たし

足元に鳩集まりてくくと鳴くその鳴き声を幼は真似る

鈴つけし真白のうさぎとびはねる幼は後追ふ吾も又追ふ

目の離せぬ幼を追ひつつ返り見ず杖なき足をかばふ術なし

何時にかは治ると思ひたき股関節症幼を追ふ今は痛み忘るる

幼の守終はりて足をさすりつつ足は治ると思ひ始めぬ

警鶴露（けいかくのつゆ）

警鶴露は白露（はくろ）と分かりぬセラップさんに日本の四季の説明から伝へむ

雀鳴く明るき声の聞こえ来て降る雨の中自転車にて出掛ける

輸出待つ夥（おびただ）しき車に影落とす白雲は流れ行く神野埠頭

スエ先生お散歩中との留守電話野添の道を思ひ出しぬ

万葉には桜と云へり薄桃の梅香りくる夕暮の路上に

自づから浮かびゐるなり浮き棒に頭をのせて我は寝て居り

ゆらゆらと水に浮き居り硝子越しに白雲一つ流れ行きたり

肩迄の水圧受けつつプールを歩く一歩一歩に力を入れて

プールの中のストレッチ終へ歩きみる足の運びの軽々として

六色の紙もて雛を折りて行く顔を出す穴の狭きに苦しむ

紙を破り雛にしつつ折り上ぐる幾体作りしか折り方の分かる

「目を入れたよ」赤い袴に五色の衣幼ははしゃぎて飾りたるらし

卵殻にて作りし鶏は金銀赤表情豊かにチェコのイースターデー

真夜中に痛みて目覚むる帯状疱疹ウイルス菌の我を苛（さいな）む

極く早期と回復望める帯状疱疹左半身に神経痛走りぬ

石垣の継ぎ目に萌え出す若草に触れつつ登る子は顔赤くして

石垣の隙間に手をかけ足を掛け子は目を輝かせ上がりくるなり

小さき子の身軽に挑む石垣の足元に蒲公英の咲きてゐるなり

石垣の奥の枯れ芒(すすき)を描きゐる明るく広き所に行きて見て来む

夕翳る公園に人影少なくなり椿の蕊の黄の色深し

武具所跡の真下を流るる豊川の川底さやか砂白く光れり

豊川の見ゆる限りの川上の青く澄み居り川鵜の居らず

晋山式（しんさんしき）

廃材の襖のフチの釘を抜く少し汗ばむ心地よきかな

汗ばみて血の巡りゆきヘルペスの背の痛み忘るる我が今日の仕事

白々とこぶしの揺るるその下を春の歌幾つを口ずさみつつ行く

悟眞寺のしだれ桜の耀ふ下先祖とのゆかりの人に会ひたり

江戸時代に分家せし子孫平成の彼岸に本家の人と親しむ

掌を合はせ拝む形に青木の芽の深き縁（えにし）の今日晋山式

冠の飾りをゆらし稚児等行く孫は蓮の花を吾にかざしぬ

鳳凰のどんすの袈裟もきらびやかに若き住職が我が寺を継ぐ

我家にて表装せし天井絵の下心清まる晋山式の朝

無量光と教へられしも幾度ぞ阿弥陀如来を新しき気持にて唱ふ

プロローグの壺

忘れるを忘るるるといふは悲しかり躑躅の花は重く散り敷く

花フェスティバル終へたる後の公園に要黐（かなめもち）の花甘く匂へり

自転車とキックボードと競ひ合ふ思ひ切り走るは嬉しかりけり

正面はプロローグを語るトルコ展の赤に白の女神像の壺

産み育て支配せし女尊時代どつしりと重量感ありプロローグの壺

見入る程女神の願は溢れ出てプロローグの壺は七千年の昔から

安野（あんの）美術館

六百年前をひそと建つ瑠璃光寺の緩やかな傾斜の檜皮葺の塔

鶯鳴く緑の中にすつきりと五重の塔の光輪の光る

赤芽樫に夕暮の光軟らかし湯田温泉に足を癒して居り

津和野の旅安野光雅（あんのみつまさ）とＳＬ列車五月の緑と風と光と

白壁の土蔵に似せし安野美術館青野山の麓に広々と清し

シェークスピア森鷗外の文学もしがらみ描く安野美術館

数学の大明神読みたし安野光雅の不思議な世界津和野を歩く

青野山迫り来る程に青々と鶯の声蛙鳴く声

七重八重重重なる青野山の狭間から朝霧湧き立ち峰々を覆ふ

千本の鳥居立ち並ぶ太鼓谷（たいこだに）稲荷緑の頂迄朱色あざやか

年寄りには無理だと云はれぬサイクリング今日も行かむ白壁の道

五百基の石灯籠の並び立つ東光寺の山門しづしづとくぐる

朝市に向かふ女達に活気づく美祢（みね）線の車内は咽（むせ）び返る魚の臭ひ

飛沫立て洞を巡る観光船荒々しき男観音の岩に目礼

四時間を自転車にて巡り萩焼の湯呑手に取り疲れも知らず

さしみ醬油に捕り立てを放り込む沖漬のいかを土産の宅急便に

珊瑚礁の隆起のなりて何億年カルスト台地の秋吉台巡る

スカンポ

勧戒師（かんかいし）の懺悔の法話聞きて居り姑看し日々をしみじみ思ひぬ

真夜中に姑の体をまさぐりて寝息確かと幾度の日々

五重相伝に初めて杖を使はず寺へ行くゆつくりと夫の後を追ひつゝ

夫なればつき合ひ呉るる吾が歩み今朝見し牡丹の蕾の話題

見慣れゐし阿弥陀如来の左手の指の輪の意味を深く思ひぬ

あかあかの赤芽樫の道横切り今日より再びのプールのリハビリ

向山の坂を自転車にて登り切る花茎高くたんぽぽの綿毛

豊川の枯れし葦に緑立ち光満つる午後の遊歩道

立ち並ぶユリの高きに薄緑と淡きオレンヂの花透（とほ）り見ゆ

坂道を登り切れず降り立ちて堤にスカンポの色づくを見付けぬ

一つこと執着するは諦めかタブの苞から萌え立つ緑

花も葉もいつせいに芽吹くタブの木は風に揺るるは心広ごる

伸び立ちし五葉松の新芽には色鮮やかなピンクの松の花

世界絵本展

ヒメジョオン群がる土手は白き小花緑葉に溶けて陽に軟かし

鷺原の絵葉書届きぬ津和野の里観たらぬ思ひ補ひてやさし

墓花は水色交じりの白き菊水も両手に今日は一人にて

知らぬ町幾つも通り自転車にてたどり着きぬ世界絵本展

三米の大きなパネルの絵本を読むサウジアラビアの誇りの絵本

W杯に幾つも覚えぬユーラシアアフリカの国々の豊かな絵本

昔話民話に織り込まれしなぞなぞの宇宙をひもとく絵本にも会ふ

刃物もて切つても切れぬ長き蛇トルコにもありし川の神様

浮き棒を両手に摑みて寝ころびぬざぶざぶと耳に水のかゝりくる

頭上げれば体は沈みて水の中足浮きもがき頭を下げる

浮き棒に頭をのせて肩の筋肉硬くなるに気付きて緩める

浮き棒に体任せば伸び伸びとプールの中に吾は浮きたり

浮き上がる両足揃へて伸ばし切る壮大な気持になりて浮き居り

友の引く浮き棒はたゆたひプールの中流れ行くなり心地よく和みて

桃色に野牡丹の蕾ふくらみぬ起こせど屋根に重くしだるる

たつぷりと塩を入れよ玉蜀黍オレンヂ色に艶々と茹で上ぐ

自転車のタイヤ取替へ軽々と音楽会に行く二里の夜道を

朝市のきくらげの佃煮と干しえびを足にいゝのよと講釈云ひつつ

ゴーグルを初めてかけて潜り見るスモークシルバーの涼しき夏色

ロープの下ゴーグル掛けて潜り抜ける視界は青しオズの魔法だ

脊髄のずれ居て我の背の曲がる仕事もう嫌荷物下げるも

ビートバン平に押し込める腕力なき少し傾ければいゝものを

腕も足も水圧押し切る力弱し初歩のクロールに前に進めず

息つぎも体浮くこともいゝ調子励まさるるも我は泳げず

自転車にてポプラ並木を駈け下りる緑葉返す光の中を

鍵盤の足らぬとピアノを欲しがりしオルガン何時しか鳴らなくなりぬ

物置の奥にしまひしオルガンを出して貰ひぬ弾きて見むかと

紅柏の大き葉つぱの黄になりぬ朝日にそよぐやがて散るのに

ゆつくりと鍵盤の端から鳴らし見る思ひは電音に流されて行く

広き世界旅して悦子の手紙の中ピアノ習ひしを喜びしもあり

和紙

襖紙の和紙をば剝ぎて三十糎の正方形にて折る気球船

高きより吊す紙の気球船扇風機の風にふんはりゆるる

トルコにてカッパドキアの気球船乗りたしと願へど風吹かざりき

楼蘭の末裔の民に云ひ伝へ来ぬ木を切り過ぎて砂漠となりしを

身分高きミイラ覆へる衣装の布ペルシャにも見る凝りたる技術

からかみの古き見本帖にインカ帝国の文様取り入れし経緯を読む

杖つくを恥かしと思ふ我がプライド立秋の空に白雲まばゆし

死して尚残れる者に大沢先生の生きたる言葉我が心にしむ

大きな魚三段とびにはね上り後は静かな中洲の真昼

盆に使ふ牛のしつぽのヱノコロ草去年はありしに駐車場にもなし

烏麦の穂は駄目だと沖野迄夫は探しに行くヱノコロ草を

南天の葉もて耳を茄子の牛に十六さゝげの豆を目にする

小半（こなから）

炎天の坂登り校庭の木々立ち並ぶ束の間嬉し

ほほづきの形留めてカリカリの墓花の下イモ虫は動かず

コスタリカは軍隊のなき国若者は鍬持ち森林に青き鳥増やす

豊川にはもう見られなき鬼やんまアールヌーヴォ展の硝子花器に

我が歌集の小さな表紙の裏紙にも地模様の漉き絵楽しむ

コツコツと表具の仕事に生きて来し襖絵表紙の表具の楽し

仕事の歌唄へと教へ給ひぬ御津先生葛布襖の歌集を捧ぐ

ハンガリ人ホルン発案の鷲の折紙二度目の挑戦にも失敗せり

水墨画の竜の襖の表具成り四本並べてその迫力嬉し

艶やかな四季の襖絵をひきしめて此の牙立てる竜のすさまじ

なた豆を貰ひぬ鉈(なた)と云ふ懐かしき固き莢の豆の味する

数学の苦手な吾に大明神四半分(シハンブン)なら知っているよ

小半は二合五勺日本の古語数学文化をひも解く心地

グランプリの練習に作りし小さな軸に葛布襖の歌書き入れむ

元気ですね

秋の陽の届かぬ木下に大小の狐の像の増す狐塚

狐塚から見下ろす狐の含み笑ひ吹きくる風に寒々とする

柿狩りに来し畦道にうべの実の紫の濃し盛りて居りぬ

山冷えのしるき今日の柿畑背のびをしつつ柿を取り行く

手を伸ばし取らむ柿の大きな実を一葉をつけて切りとりにけり

拾ひ集めし雲母の小片のキラキラと我が手に光るキラキラの森

段戸湖（だんどこ）にさゞ波静かに広ごれり鳥も魚も影を見るなし

元気ですねと声かけくれば我が老いを云はれる思ひ山道を登る

足元に落ちゐる朴葉の大方は破れ裏返り乾きて居りぬ

我の手に余る程の朴の果の温もりあるを持ちて歩きぬ

朴の果は松笠の様に種を持ち開かむ時か黒く軟らかし

蘖（ひこばえ）の根をたち切りて穴を掘るみづならの苗深く根を張れ

朴の葉の破れ少なきを拾ひ上げ帰りて味噌を焼かむかと思ふ

豊川の源流に渡す丸太棒につの茸黄色くなよなよと群るる

屋根瓦並べる如き瓦葺ねずみ色細かく木を覆ひ居り

みづならの三百年の木下に立ちきらめく梢に穂の国の栄

山道の黄葉紅葉に粉雪の降りしきる中を一列に歩く

元気ですねと云はれし言葉甦る杖持ち歩きし森ふり返る

「優しさは強し」

常に行く我が公園のヒマラヤ杉に六十年に一度の実のつきにけり

背伸びしてやうやく採りしヒマラヤ杉の薄青き実のいと軟かき

タイ産の小さきピリ辛の唐カラシ赤くなり行くを逆さに吊す

かはいいと云はれて不満なりかつこいゝと云はれたかりき五歳の男の子

天竜のねむの木学園に障害者のタンバリンの音明るく響く

まゝならぬ手にも足にもリズム持たす指導者の声に我も合はせる

躇ふと声掛け手を掛け抱きしめて踊りて居りぬ指導の先生

茶室には「優しさは強し」の短冊あり宮城まり子は病みて在さず

枯れそぼつ葉の残れるねむの木に秋陽は燦燦ねむの木学園

我が老いて不自由となりてもタンバリンと赤き蔦の学園忘れまじ

うす青きヒマラヤ杉の小さき実は茶色く曲がりて落ちず放れず

予定通り仕事せし夫の鼻唄を聞きつつ朝の大根をきざむ

追ひ羽根の頭を作る無患子（むくろじ）の種黒く透（とほ）り見ゆ 一房の連なり

とがり立つ小さく赤き唐辛子と丸き無患子を並べて 美し

松の木に絡みつきたる自然薯（じねんじょ）のドライフラワーのひら〱とゆるる

私家版『優しさは強し』あとがき

久曽神一男様とは、一寸した御縁から瓢箪を戴くようになった。一里もある馬見塚から、自転車で届けて下さる。その数大小十位になる。お盆頃には切ると云う瓢箪を見せて頂くことにした。

昔は私もよく通った道のりを此の頃はすっかり気力のなくなって自動車で出掛けた。右も左も田や畠だったその辺りはもう立派な町となっていた。

久曽神様の広い庭には七・八米もある三角形にメタセコイアが、見事にその土地の標識になっている。

三角のとげ〳〵しい樹皮が、うろこの様な木肌に椰子の木も生い茂っていて、蘖(ひこばえ)のつんつんと細い葉に足をとられて奥へは行けない。奥には久曽神様の親父だと云われる大きな石碑が立っていて、外から「高」と云う字が動く車の中から読み取れた。

もう去年で終わりにすると云われた瓢箪作りも「体を動かしている方がいい」と、今年も十本植えられたとのこと。

十二、三の二尺余もある瓢簞が、動くともなくぶら下がっていると、物造りのすばらしさがひしひしと伝わってくる。誰の為でもない、九十プラスアルファーの人生が悠久の時に思えてくる。

お幾つですかと尋ねると、「若いよ」「あんたより一つ上だ」私の頭の中から老いと云う概念が消えて行く。死ぬ迄たゞ精いっぱいに生きて行けばいゝ。何かをしながら何かを感じとりながら、歌を作って行ける自分を失わないでいよう。

薄桃に色づき来たる花かぼちゃ
　百薬の長と翁を思ひぬ

平成十六年十月

新藤綾子

第五章　紅葉

名も知らぬ紅葉の木々の風にゆらぐ淡く光れる透（とほ）り葉やさし

のどかにも此の落着きたる紅葉の公園に悦子達を連れて来たし

画用紙に紅葉張りて壁に張る心潤ひ時の過ぎ行く

襖張りて部屋の明るくなりにけり働く喜びの生まれくるなり

仕事場においでと声をかけるぷーんと木の香が鼻をくすぐる

本屛風鎌倉へ送る荷造りの丁寧な息子の作業見て居り

粉味噌汁簡易トイレに防寒シート嫁の心配り枕辺にあり

朝早く夫を誘ひて公園にザクロの実一つ手に転がしつ

我が跡を継ぎゆく孫の五人居て未来広々と開けゆく思ひ

公園迄我に寄り添ふ孫天爾(たかみ)父幼き日とそつくりにして

我が書展の芳名録のマスいつぱいにしんどうゆきのの太く黒々

水脈長く曳きつつ舟の遠ざかる波静かなる西浦の海

白楽の余韻に一人豊川へ水辺に立てる真白の鷺を

姑唄ひし唐土の鳥と菜を刻み七草粥を夫と楽しむ

青空の下に広ごる公園に南京はぜの紅葉のかがよふ

青空にそびゆる風力発電機ゆつくりと廻り居り伊良湖岬に

堀の崖のクサギの群木はなくなりて定家葛の葉ばかりがそよぐ

風わたる木立の中を友と歩く豊川工廠（こうしょう）慰霊祭の帰り

千年の恵みといふ栗駒の深層水涼し我がのみど通る

渡岸寺（どうがんじ）の十一面観音の真後にて暴悪大笑のあざけゐる顔

シジミ取る人影見えず角めぐる葦原の方を白鷺の舞ふ

樒（しきみ）花の慎ましき花に似し叔母と浜名湖湖畔を歩きしも遥か

己が娘を「光のようだ」と佐藤愛子の親の誇りを読みて忘れず

雛人形作りし職人の技の冴え心足らへり春の夕べに

喪に服す光源氏がまとひたるけし紫のなまめかしとふ

一日一日衰ふる思考力の薄れきぬ襖紙に觸(ふ)るる生きゐる力

子の卒業せし小学校へ持ち行くは悦子の書きし「青いチューリップ」の本

手すり持て足も心も浮かせつつ西明寺の三百段登り切りたり

紅葉する楓の中に不断桜淡々と二百五十年の薫りなりけり

枯れたてる蓮の葉覆ふ程紅葉の散り落つ西明寺の池の面

紅葉をば見ずに下る坂道に千体の地蔵様に千本の風車

金泥にて萩を描きし襖絵の美にとらはれつつ糊付け終はる

四十年たづさはり来て気付かざり金や金泥の襖絵の製法

襖紙を花あかりとふ幼子に心ひらかる我が後継者

障害者のタンバリンの音甦る「優しさは強し」のねむの木学園

一生に一色と云ひし染色家の溢れる気品は軸表層の布に

白緑五色の小石は足裏を刺激するなり深大寺(じんだいじ)温泉

「一隅を照らす」記事に我が仕事の誇りと尊さをあらためて思ふ

瓢箪の下に座りて相対す悠久の時ならむか翁の笑みは

豊川の岸を打ちゐる波の音遥かに段戸山の青き山並

千二百年の時の隔てなく我にまみえる慈悲深き渡岸寺の十一面観音

あぢさゐの照り葉に小さき雨蛙陽のぬくもりの青き背の色

やうやくに着きし朝倉川の上流に背丈程の菜の花広ごる

筒先より巻きほぐれ初む芭蕉の葉はゆらぎ輝くエメラルド色に

透明度を感ずる和紙の少なくなり古き見本帳を指に楽しむ

襖張るに気付かぬ和紙の風合を手に取りてその温もりを知る

濃き薄きいろは紅葉の落葉飾り三月となりても厭(あ)きることなし

朝の光やさしく射しくる店先に障子張りゐる竹べらの音

六曲の屛風の張り込みに夫と子の違ふ意見を片辺に聞き居り

青空に桜大樹は紅葉してときに舞ひゐる地蔵堂の庭

解説　表具師の心と技が宿る短歌
新藤綾子歌集『葛布の襖』に寄せて

鈴木比佐雄

1

トルコ行きの日の迫れるに葛布張る襖と聞けば嬉し手伝ふ

新藤綾子歌集『葛布の襖』を読むと、そのタイトルからかつては多くの家々の中を仕切ってあった襖の多くは、「葛布」が貼られていたことを想起させられる。「葛布の襖」は、家族の暮らしが遥か昔から連綿と続いている歴史を伝え、仕事を終えた後の一人ひとりが安らぐ空間を生み出す智恵である空気のような身近な存在だったのだろう。そんな無地の静謐な襖も、図柄のある襖絵も、家族の皆の心身を癒す働きをしたに違いない。

冒頭の短歌は、長女の新藤悦子氏の童話作品の舞台であるトルコ旅行が迫っているにも関わらず、表具師の夫から「葛布の襖」の仕事があると言われると、表具師の職人魂の血が騒ぎ、嬉々として手伝ってしまうことを記している。この短歌は新藤綾子の生き方やその関心のあり方を伝えている。本歌集は、新藤綾子が二〇一七年に他界した後に、母の長年の短歌作品を一冊の歌集にまとめたいと新藤悦子氏が願って親族と相談されて出版を決意し、刊行することとなった。

「葛布」の繊維を取り出す「葛」と言えば、私の暮らす柏市を含めた千葉県北西部の六市はいまも東葛飾地域と言われていて、「葛飾」全体は古代からの地名で千葉、東京、埼玉、茨城にまたがる広大な地域を指していた。一説によると「葛」が「繁」ることに由来していると言われる。秋になると近くの手賀沼の土堤や野原を散歩すると、葛の蔓が生い茂り、葉の下から艶やかな紅紫色の花を覗かせている。この光景は既視感のような懐かしさや不思議さを感じさせる。葛飾だけでなく日本列島や琉球諸島の人びとが「葛」を活用していた。もともと古代中国から「葛布」は由来したこともあり、その影響を受けた日本を含めた東アジアの多くの人びとが、「葛」を食用や薬用だけでなく「葛布」のような日用品・民芸品として暮らしに役立ててきた「葛」の文化圏に私は想像を膨らましてしまう。「葛布」という言葉は『万葉集』でも何首かに詠われており、新藤綾子の短歌は、通奏低音のように『万葉集』の短歌とつながっていることに気付かされる。新藤綾子の暮らした愛知県豊橋市は、「葛布」の名産地と知られる静岡県西部の掛川市周辺の近くであり、「葛布の襖」を家業とすることもあり、それにこだわることは何か宿命的なテーマであったように思われる。

2

今回の新藤綾子歌集『葛布の襖』は、本人が生前に選び手作りで身近な人たちに手渡した四冊の歌集『亡き姑』、『コーランの聞こゆ』、『葛布の襖』、『優しさは強し』と短歌雑誌「三河アララギ」に掲載された晩年の作品から五十首を選んだ「紅葉」の五章から成り立っている。

一章「亡き姑」は、「嫁ぐ悦子、朝子の留学、卒寿の姑」などから始まる十四の小タイトルの一二〇首から成り、歌集全体では七七九首が収録されている。「嫁ぐ悦子」と「朝子の留学」は、娘の自立や活躍をひたすら願い支援する母の想いを物語っている。その他の短歌は、姑や実母の介護が主なテーマになっている。と同時に新藤綾子を短歌に向かわせる大きなモチベーションは、表具師の仕事を通しての職人魂や書や絵柄に込められた歴史・文化・自然などへの造詣の深さや尽きない好奇心であったように感じられる。

夫とともにリズムを競ふ如く障子を張る竹篦の音紙を切る音

転蓬の書の裏打ちに注文をつけて客は中国の広きを話しぬ

転蓬とは心定まらぬ人の事か曹植を想ひつつ和紙を継ぎ足す

寒の入りに寒の水にて寒糊を作りし事も遥かになりぬ

夫と障子を張る仕事をしていて、何か絶妙のリズム感で職人のプロとしての仕事を競っていることが、音でイメージ化されてくる。そのような作業音が五七五七七のリズム感に転換されている短歌は、あまり類例のない職人的短歌と言えるだろう。また中国の三世紀の詩人で「詩聖」と言われた曹植の詩「吁嗟篇」の冒頭に出てくる「転蓬（てんぽう）」の書を裏打ちする際に、その言葉の意味である漂泊や流転の意味を学び、自らの言葉で「心定まらぬ人」と解釈し、中国の歴史や文芸の世界に思いを馳せて多くを学んでいたのだろう。その掛軸は床の間に掛けられて、お茶室でその書の由来やそれを選んだ主人の思いなどが語り合われる重要な役割だ。そんな一期一会の聖なる時空間を豊かにする掛軸は、室町文化から生まれた日本文化を象徴する存在と言えるだろう。けれどもその掛軸の中身は自由であり、例えば中国の曹植の詩を選んだ主人の感性にゆだねられる。きっと表具師である新藤綾子は、茶室の主人と正客の間に立ち、その思いを掛軸によって伝える役割であることを自覚していて、そのことを自らの短歌に込めようとしたのだろう。裏打ちをする際に使用する「寒糊（かんのり）」を「寒の入り」に自ら作っていたことも記し、再び裏打ちする際に剝がれやすくする知恵を伝えている。次に姑の介護に触れた短歌を引用したい。

見えぬ目のままにて我を呼ぶ声の痛いよと云ふ姑の憐れさ
暗闇に手を伸ばしつつ姑を撫づる骨盤も肩の骨もゴツゴツとして
舅が来ると云ひつつ我に抱かれたる姑の目にはや光さへなく
十年を病みて床ずれもなくたゞ痩せて姑は小さく枯れて逝きたり

「寒糊」の作り方を教えられた姑(はは)の介護の短歌は壮絶ではあるが、人生の終焉の在り様を淡々と記し、不思議なことに深い愛情を感じさせてくれる。このような介護に寄せる短歌は、近親者の末期を看取るという強い決意と深い愛情が合わさって詠まれるものだと痛感する。このような短歌は介護を詠む際に振り返るべき優れた例として再読して欲しいと願っている。

3

その他に二章の「コーランの聞こゆ」では、「眠られぬホテルの窓の白みつつイスラム教のコーラン聞こゆ」や「鍋敷に使ひゐし花柄の壁掛をイズニックタイルと知りて磨きぬ」などは「イズニックタイル」の絵柄に感銘を受けて異文化の職人技に畏敬の念を抱いている。
三章の「葛布(くずふ)の襖(ふすま)」では、「表具師の舅の使ひし糊甕四つ裏庭を狭め伏せられしまま」や「葛布襖張ること久し日本の伝統の色とその手触りと」などは、表具師であった舅の糊甕を見れば、その魂の結晶のような思いを抱いてしまい、「葛布の襖」を張ることが、「日本の伝統の色とその手触り」を実感する喜びを伝えてくれている。

四章の「優しさは強し」では、「コスタリカは軍隊のなき国若者は鍬持ち森林に青き鳥増やす」や〈茶室には「優しさは強し」の短冊あり宮城まり子は病みて在さず〉などは、新藤綾子の信条・思想がしなやかに詠われている。

最後の五章「紅葉」は歌集に収録していない千首近くの中から五十首選ばれたものだ。新藤綾子は「名も知らぬ紅葉の木々の風にゆらぐ淡く光れる透り葉やさし」など数多くの植物を詠った優れた叙景歌も数多くある。最後に「紅葉」の中から私の心に刻まれている三首を引用したい。新藤綾子の精神性が永遠に光り輝いているように感じられてくる。このような表具師の心と技が宿る短歌を読んで欲しいと願っている。

本屏風鎌倉へ送る荷造りの丁寧な息子の作業見て居り

己が娘を「光のようだ」と佐藤愛子の親の誇りを読みて忘れず

一生に一色と云ひし染色家の溢れる気品は軸表層の布に

あとがきに代えて――天国は母の足の下に

母が亡くなり、四冊の歌集が残された。

母が短歌を作っていたのは、平成十八年まで。それ以降、アルツハイマーが進行し、歌を作れなくなった。平成二十九年に亡くなり、母が残したものを整理していて、手作りの歌集四冊を見つけた。そこには、まだ元気だったころの母の姿があった。認知症になって変わっていく母と向き合う日々が十年以上続き、忘れかけていた母の姿である。

生前に、この歌集の一冊をもらったときには、「へえ、こんなこと詠んだんだ」程度の感想だったのが、亡くなられてから読み直すと、たまらなく胸に迫ってきた。合歓の樹を見あげる母の横顔、その清々しい表情までもあざやかに甦る。「そんなことがあったのか、そんな気持ちだったのか」と知らなかった母にも出会い、歌のもつ力を思い知らされた。

両親と娘と四人でトルコを旅行して、イズニクの古いモスクを訪ねたとき、「お母さんをよく連れてきてくれましたね」と僧侶から声をかけられたことがあった。「天国はお母さんの足の下にある、とイスラムではいいますよ」といわれ、それを訳して伝えると、母は嬉しそうに頷いていた。母がそばにいたときは、気づかずして天国にいたのだ、と今さらのように思う。
手作りの歌集は襖の紙を表紙にしていた。表具師の父に嫁ぎ、自身も表装技能士の資格をとって襖や掛け軸の表装をしてきた、その仕事の歌も多い。美しいものを作る喜びが、母の生活を彩っていた。美しいものを作る誇りが、母の人生を支えていた。そんな母に育ててもらったことを、くりかえし嚙みしめる。そんな歌集でもある。
四冊の歌集に未収録だった作品は、コールサック社の座馬寛彦さんが短歌雑誌「三河アララギ」から探し出してくださった。四冊の前にも後にも、たくさんの歌を作っていたことを新たに知って、母と再会できたようでなにより嬉しかった。心より感謝している。
そして新たに見つかった歌から五十首を、鈴木比佐雄さんが選んで、解説も書いてくださった。短歌に疎い娘が、こうして母の歌集をまとめることができたのは、ひとえに鈴木さんのご指導のたまものである。またデザイナーの奥川はるみさんは、参考にお渡しした襖の紙を表紙に生かして、題名にふさわしい装幀に仕上げてくださった。コールサック社のみなさま、どうもありがとうございました。

平成三十年六月

新藤悦子

新藤　綾子（しんどう　あやこ）略歴

昭和 5 年　愛知県豊橋市に生まれる。
昭和 52 年　工芸大学訓練校卒業、
二級表装技能士資格取得。
職業訓練指導員資格取得。
昭和 59 年　7 月号より短歌雑誌、
「三河アララギ」に作品を投稿。
平成 18 年 12 月号まで続ける。
平成 7 年 5 月　私家版歌集『亡き姑』
平成 12 年 10 月　私家版歌集『コーランの聞こゆ』
平成 14 年 10 月　私家版歌集『葛布の襖』
平成 16 年 10 月　私家版歌集『優しさは強し』
平成 29 年 5 月 22 日、86 歳にて永眠。
平成 30 年 7 月　新藤綾子歌集『葛布（くずふ）の襖（ふすま）』

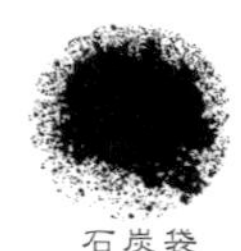

新藤綾子歌集『葛布（くずふ）の襖（ふすま）』

2018 年 8 月 21 日初版発行
著　者　新藤綾子（著作権継承者：新藤悦子）
編　集　鈴木比佐雄　新藤悦子
発行者　鈴木比佐雄
発行所　株式会社 コールサック社
〒 173-0004　東京都板橋区板橋 2-63-4-209
電話 03-5944-3258　FAX 03-5944-3238
suzuki@coal-sack.com　http://www.coal-sack.com
郵便振替　00180-4-741802
印刷管理　（株）コールサック社　制作部

＊ 装丁　奥川はるみ

落丁本・乱丁本はお取り替えいたします。
ISBN978-4-86435-341-0　C1092　¥1500E